AF295494

Tuokiokuvia

kahvilassa

LOOGINEN MUOTO

AAVIKON AVARUUDESSA

YKSI TÄHTI

HIEKANJYVÄSSÄ

FSC
www.fsc.org
MIX
Paperi vastuul-
lisista lähteistä
Paper from
responsible sources
FSC® C105338

4

© 2014
Kustantaja: BoD – Books on Demand, Helsinki, Suomi
Valmistaja: BoD – Books on Demand, Norderstedt, Saksa
ISBN: 978-952-286-943-2

I

Se nainen oli jollakin tavoin kummallinen. Sitä on yhtäkkiä vaikea selittää miten. Jotakin siinä olemuksessa oli kummallista. Ei vaatetuksessa. Se oli normaali vai oliko? Ehkä se oli siinä vaatetuksessa. Aivan! Hän oli eri vuosikymmeneltä. Se oli se syy. Hänellä oli vaaleansiniset farkut ja vaaleansininen farkkupaita. Jalassa oli cowboybootsit. Vaaleanruskeat. Kaikki vaaleata. Hiuksetkin oli blondatut ja permanentatut. Nainen ikään kuin leijui kahdeksankymmentäluvulta 2000-luvulle. Elettiinhän jo vuotta 2014. Jollakin tavoin naista kävi sääliksi. Sitten aloin miettiä, miksi hän oli pukeutunut niin vanhanaikaisesti. Ehkä hänelle oli tapahtunut jotain kahdeksankymmenluvun kultaisina vuosina. Nainen joi kahviaan. Samalla hän hypisteli savukerasiaansa. Kahvilassa ei saanut enää polttaa. Uusi laki oli tiukka tupakoitsijoita kohtaan, mutta tupakoimattomien puolesta loistava. Tosin se sai aikaiseksi ilmiön: ihmisiä tupakoimassa kuppiloiden edessä säällä kuin säällä. Mietin usein miten tupakoitsijat kokevat riippuvuutensa. Nainenkin alkoi jo olla melko hermostunut. Mikä kuppila tämä nyt olikaan nimeltään, Betoni. Olipa tällekin paikalle annettu nimi. Nyt naisen silmäkulmasta valui kyyneleitä. Elämän julmat kasvot. Pian hänen uurteensa syvenivät. Alahuuli väpätti. Hiljaisena hän otti paperinenäliinan laukustaan ja pyyhki kyyneleitä pois. Hän teki sen hyvin rauhallisesti. Mitään sanomatta poistui paikalta. Nainen kiinnosti minua. Aivan selvästi hänellä oli jokin huoli, suuri suru, murhe tai salaisuus. Yöllä en saanut unta. Heräsin kuvittelemaan, mitä nainen teki kahvilasta lähdettyään. Kuvittelin, että hän kävelisi läheisen puiston lammen ääreen ja katselisi joutsenia. Lampi oli hyvin kaunis. Aivan kuin Monet'n maalauksesta. Siinä oli lumpeenlehtiä ja lumpeenkukkasia, valkoisia ja eräs vaaleanpunainen. Iloinen 80-luku. Mihin se oli joutunut? Miksi kaikessa enää on vain kysymys taloudesta, miksi kukaan ei naura ilman, että hänelle maksettaisiin siitä? Monimutkainen aika. Ehkä nainen tosiaan istuutui puistonpenkille ja ihaili joutsenia, mutta oliko hän mieleltään rauhallinen. Ehkä hän juoksi kadulle? Ehkä hän otti taksin? En tiedä, en tiedä. Mikä naisen silmien surullisuuden oli aiheuttanut? Perhekuolemat, perheväkivalta, ehkä hän oli menettänyt lapsensa? En voisi olla niin epäkohtelias, että kysyisin häneltä, jos näkisin hänet uudestaan. Mutta hän oli kadonnut. Puistoon, kadulle, jonnekin pois. Sen päivän jälkeen, kun olin nähnyt naisen, otin tavakseni istua Betoni-kahvilassa.

Tilasin aina yhden kahvin tasan kello 13.00 ja join sen hitaasti odottaen, mutta turhaan. En ehkä koskaan saisi tietää naisen salaisuutta. Hänen kauniit, vihertävät surulliset silmänsä katsoivat lohduttomasti maailmaa ja eräänä päivänä minäkin itkin. Lohduttomasti minun itkuni tuli jostakin syvältä. Naisen salaisuus ei koskaan paljastuisi, mutta se oli aiheuttanut uuden surijan. Minä vuorostani pyyhin silmäkulmiani paperinenäliinalla ja poistuin kahvilasta pois. Minne?

II

Tänään hän oli jotenkin niin erilainen. Voisin vannoa, että jotakin oli tapahtunut. Näin sen hänen kasvoistaan. Ne olivat kovin tuskaiset, hikikarpalot helmeilivät otsan pinnalla. Hänen ihonsa oli laikukas, punainen. Hän hengitti kovin raskaasti, aivan kuin olisi juossut tapaamispaikkaamme. Kertoisiko hän nyt minulle, mitä oli tapahtunut? Odotin, odotin. Hän käänsi päätänsä vasemmalta oikealle, hyvin hermostuneesti, joko hän rauhoittuisi. Ei, hän pyyhki kämmenselällään otsahikeä pois, köhi ja oli kovin vaitonainen. Odotin edelleen. Eikö hän kykenisi kertomaan, mikä oli juoksemisen syy? Aivan yhtäkkiä katsoin hänen silmiinsä ja näin kauhun. Puhtaan huudon. Silmät olivat lasittuneet, hätääntyneet, ne olivat täynnä kauhua. Ensimmäiseksi mieleeni tuli, että hänen oli täytynyt nähdä matkalla kahvilaan jotakin, autokolarin tai kuolemantapauksen. Jäin miettimään. Minäkään en saanut sanaa suustani. Istuimme pöydän ääressä typertyneenä. Miksi kauhu oli niin käsin kosketeltavaa? Huoneen ilmapiirin olisi voinut leikata saksilla pois ja panna roskakoriin, niin raskas se oli. Kauhun tunne karmaisi minuakin, kun olin jo miettinyt lukuisia syitä silmien avuttomaan ilmeeseen. Ihoni nousi kananlihalle. Oloni alkoi tukahtua. Paitani kaulus kiristi. Takki oli liian tiukasti kiinni. Kaipasin raitista ilmaa. Jätin hänet istumaan, ja juoksin ulos. Aurinko oli mennyt pilveen. Koko maisema näytti hiljentyneen. Autot kyllä ajoivat kadulla, kuten ihmisetkin kävelivät, mutta jotakin oli aivan varmasti tapahtunut. En ymmärrä mistä tiesin niin käyneen. Katsoin kahvilan suuntaan, sen ikkunat heijastuivat pimeänoloisesti. En nähnyt sisällä olijoita, en nähnyt ystävääni. Ihmettelin, miksi olin juossut kadulle, käännyin nyt takaisin kahvilan suuntaan ja aloin askeltamaan sen ovea kohti. Ovi avautui raskaan oloisesti, koko kahvila huokui ja kihisi pahan oloista ja hajuista tunnelmaa. Ihmettelin ystäväni ilmettä, se oli aivan tyyni kuin mitään ei olisi tapahtunutkaan. Kuvittelinko minä itse kaiken? Omituista! Istuuduin ystäväni seuraan ja aloimme puhelemaan. Kaikki se, mikä oli tapahtunut viisi tai kymmenen minuuttia aiemmin, oli kuin pois pyyhitty tuokio. Jos jotakin pahaa oli tapahtunut, se ei ainakaan keskustelustamme tullut ilmi. Pian unohdin omat oudot tuntemukset. Tilasin kahvin sokerilla ja maidolla, ja aloin nauttimaan keskipäivän kauniista hetkestä.

III

Pienistä puroista syntyy pieniä tarinoita, suurista puroista suuria tarinoita. Näin minä ajattelin, kun näin miehen kasvot. Niissä oli syvä arpi aina otsasta silmän yli poskeen. Arpi oli niin pitkä ja syvän violetin punainen, ettei siihen voinut olla kiinnittämättä huomiota. Mies varmaan itsekin tunsi usein kiusallisia silmäpareja tuijottamassa itseään. Siksi hänen sormensa hapuilivat otsan ihon pintaa ja sitä pitkin poskelle. Mies kääntyili vaivautuneesti, hypisteli sormenpäitänsä, pyöritteli lusikkaa kädessään. Sitten hän rypisteli sokerinpalojen paperikuorta. Otti sokerinpalan suuhunsa ja pureskeli sitä. Otti kahvikupin käteensä ja ryysti isoäänisesti kahviaan. Hänen vaivautunut olemuksensa tyyntyi hetkeksi, mutta vain hetkeksi. Sen jälkeen hypistely sormenpäillä jatkui. Hän haki kahvilan tiskiltä sanomalehden. Silloin ajattelin, että hän ei hakenut sitä lukeakseen vaan piiloutuakseen sen taakse. Olin vain kiinnittänyt huomiota miehen arpeen, nyt huomasin, että hänellä oli mustat, mutta harmaantuvat hiukset, lisäksi hänellä oli paksut sormet. Aivan kuin mies olisi ammatiltaan leipuri tai teurastaja. En tiedä, jotenkin sain sen vaikutelman, että miehen arpi oli syntynyt työtapaturmana, kenties leipurin veitsi oli vahingossa huitaissut miehen kasvoja. Mutta entäpä jos se olikin jokin mustasukkaisuusdraama. Miehellä oli suhde pomonsa vaimoon, ja tämä oli "käsitellyt" miehen kasvoja, jotta hän saisi koko loppuelämänsä tuntea syntinsä taakan. Oliko todella niin? Joka tapauksessa hermostunut mies ryysti kahvinsa nopeasti, otti sitten lehden mukaansa ja lähti kahvilasta pois.

IV

Naisella oli pitkät punaiseksi lakatut kynnet. Jos olisin ollut kosmetologi, olisin tarkkaan tiennyt värin nimen. Nyt saatoin vain arvailla, olivatko kynnet verenpunaiset vai burgundinpunaiset. Minua nauratti. Taisin arvella ihan väärin. Nykynuoriso käytti niin muodikkaita pinkkejä, vaaleanvihreitä ja sinisiä kynsilakkoja. Nainen oli selvästi tyylitietoinen, mutta niin sanotun old schoolin edustaja. Hän oli varmasti ollut kosmetologilla. Niin huoliteltu hänen olemuksensa oli. Katsoin nyt ensimmäistä kertaa kynsien sijasta kasvoja. Aivan oikein. Olin arvannut aivan oikein. Huulipuna oli samaa syvänpunaista sävyä. Silmät mustalla rajatut. Hiukset mustat, huolitellusti leikatut. Jotakin oli silti pielessä. Kaulahuivi oli nuhjaantunut. Se ei sopinut asusteeseen. Miksi hänellä oli tuollainen vanha, kammottavan ruskea kaulahuivi. Sekoittelin kahviani. Annoin lusikan pyörittää kupissa olevaa kahvia niin, että sen pintaan syntyi pyörteitä. Kaulahuivi ei voinut olla alun perin naisen oma. Sen on täytynyt kuulua hänelle rakkaalle ihmiselle. Niin ajattelin. Nainen yskäisi, tuskin kuuluvasti. Oli jo kevät. Ehkä hän olikin vilustunut ja oli löytänyt vain vanhan kaulahuivin hattuhyllyltään. Jos se kuului hänen isälleen tai vanhalle äidilleen. En tiedä, miksi huivin arvoitus kiehtoi minua. Ehkä siinä oli naiselle rakkaan ihmisen tuoksu. Hyvin huoliteltu nainen ja vanha huivi.

V

Mies tuli kahvilaan pienen pojan kanssa. Pojan täytyi olla vasta viisi-vuotias tai niillä paikkeilla. Mies oli ilmiselvästi hieman hiprakassa, hän saikin paheksuvia katseita osakseen. Olin juuri hakenut santsikupin. Hämmentelin hämmästyneenä kahviani. Miksi mies oli humalassa lapsen seurassa? Oliko hän hakenut tämän päiväkodista ja sitä ennen käynyt ravintolassa naukkaamassa pari olutta? Hän tuoksui oluelle. Tunsin maltaisen tuoksun hänen hengityksestään, koska hän istui viereisessä pöydässä. Lapsi oli kovin hiljainen ei puhunut eikä kiukutellut. Oliko lapsi peloissaan? Hain tiskiltä pari sokerinpalaa. Avasin kuoren ja pyörittelin sokeria sormenpäissäni aivan kuin olisin pyöritellyt miehen elämää. Oliko hän saanut potkut töistä, oliko hänen vaimonsa jättänyt hänet toisen miehen takia. Miten ne olivat päiväkodista antaneet humalaiselle miehelle lapsen hoidettavaksi? Ehkä lapsi ei ollut ollutkaan päiväkodissa, vaan oli ollut isänsä kanssa lääkärissä. Sitten tulokset kuultuaan isä oli ratkennut ottamaan pari olutta liikaa. Näin se voisi olla. Ihmiset sisältävät arvoituksia, joita ei koskaan saa tietää. Poika joi limonadia ja oli yhä edelleen hiljaa. Ehkä hän oli tottunut isänsä käytökseen. Hän tiesi, että jos isä oli tuollaisella päällä, oli parasta olla ihan hiljaa. Olin juuri pudottanut toisen sokerinpalan kahviin, kun tapahtui ihme. Lapsi alkoi huutamaan suoraa huutoa. Sanoista ei saanut selvää. Lapsi vain huusi ja huusi, ja lopulta itki. Joka ikinen kahvilassa ollut tunsi olonsa vaivautuneeksi. Pian vanhempi rouvashenkilö keskeytti pojan itkuisen huudon menemällä tämän luokse puhuen rauhoittavalla, hiljaisella äänellä. Tekipä nainen oivan auttamistyön. Miehen ote lapsesta oli jo miltei herpaantunut. Ei olisi kulunut aikaakaan, kun lapsi olisi voinut rynnätä kadulle yksinään. Onneksi nainen sai pojan rauhoitetuksi ja yhdessä kaikki kolme lähtivät ovesta ulos.

VI

Kiinnittäisitkö huomiota ihmiseen, joka on aivan tavallisen näköinen? Miten niin tavallisen näköinen, saattaisi joku kysyä? Emmekö kaikki ole persoonallisia ihmisiä omine heikkouksine ja hyvine puolineen. Mitä sitten ovat tavalliset kasvot, onko sellaisia? Mutta se mies kahvilassa oli tavallisen näköinen. Ainakin hän oli vanheneva mies. Hänen otsahiuksensa olivat selkeästi ohenneet, ja harmaita hiuksia oli jo tullut. Hänellä oli musta nahkatakki, hieman kulunut sekin. Kuten mies. Hän näytti tavallisen kuluneelta. Ajan syömältä. Oliko hän ollut raskaissa töissä. Katsoin hänen sormiaan. Kun hän liikutteli kahvikupin lusikkaa, ne olivat jotenkin turpeat, paksuhkot. Minulle tuli mieleen, että mies saattaisi olla asfalttityömies. Hänen kasvonsa, kun tarkemmin katsoin niitä, olivat ahavoituneet ja jo uurteisetkin. Silmäkulmassa oli paksut tuuheat karvat. Työtätekevä mies. Tavallinen mies vai sittenkin jotenkin erikoinen? Hänellä nimittäin oli kaksi sormea poikki vasemmasta kädestä. Mitä hänelle oikein oli tapahtunut? Taas arvoitus, jota en saisi tietää. Tavallisen miehen epätavalliset kädet. Työtätekevän miehen kädet. Oliko aurinkoisena kuumana päivänä sattunut jokin tapaturma? Asfalttikone oli tiltannut. En osannut oikein kuvitella mielessäni, mitä oli tapahtunut? Näin vain kesän, kärpäset ja kuulin mielessäni miehen tuskaisen kivunhuudon, kun sormet katkesivat. Joku löi ilmeisesti vahingossa ne lapiolla poikki. Hirveä kivun tunne tuli itseenikin. Katselin sormiani, tallella olivat. Kipu oli vasemmassa kädessä pikkurillissä ja nimettömässä. En saanut tietää, oliko mies naimisissa. Tavallisen perheen tavallinen isä. Join kahvini, oli kuuma kesäpäivä. Lähdin kadulle etsimään merinäköaloja sataman suunnasta.

Kaipasin kivun tunteen kokemuksen jälkeen suolaista meren tuulta.

VII

Istuin pöydässäni. Olin tänään valinnut eri pöydän kuin tavallisesti. Ajattelin, että se antaisi uutta perspektiiviä elämälleni. Olin nuoruudessani ollut hädin tuskin rakastunut, kun rakkauteni oli jo unohtunut. Mietin nuorta paria, joka istui pöydän ääressä. He olivat rakastuneita. Sen näki kaikessa heidän ilmeissään ja eleissään. Sormenpäillään he koskivat toistensa neniä. Entä sitten, kun nenät vanhenisivat? Koskisivatko he vielä noin nuoruuden suloisesti sormenpäillä neniään. Uurteet otsan pinnassa, arkihuolet ja ainainen raataminen. Unohduttaisiko se nuoruuden rakkauden suloisen alun. Mikä on intohimon salaisuus? En voinut tietää, näkisinkö nuorta paria enää uudelleen, joten yritin kuvitella heidän vanhenevan silmissäni. Tytöllä oli naisen kiharainen hiuspehko. Ei enää suorat, pitkät hiukset. Hiukan poskipunaa ja huulipunaa huulillaan. Ei enää niin räikeä meikkaus kuin nyt mustaksi maalatut silmät. Hänen sisäinen kauneutensa silti heijastui. Poika muuttui mieheksi. Hänen leukaansa kasvoi parta. Hänen huoliteltu olemuksensa kieli menestyksestä työelämässä. Nauru kaikui korvissani, mutta se oli nuorta naurua. Ei vielä elämän satuttamaa. Näin nuoren parin jälleen omana itsenään. Ehkä heidän suhteensa kestäisi tuulen tuiskut. Ainakin minä näin heidät vanhenevan yhdessä, näin näin, vaikka he vielä leikkivät elämällään.

VIII

Miehellä oli hyvin ystävällinen ääni hänen puhuessaan mitä luultavammin vaimolleen tai rakastajattarelleen. Oliko mies radioääni tai muunlainen puhealan ammattilainen? Ainakin hän sopisi sellaiseen työhön. He keskustelivat naisen kanssa tulevasta lomamatkasta. Ilmassa oli selvästi romantiikan tuntua. Tulin miltenpä kateelliseksi. Kuka minä olin, mietin hiljaa mielessäni. Miksi en ollut tuo pöydän nainen, joka pääsisi lomalle? Olin jumittunut tähän kahvilaan ja sen tarinoihin. Istuin nytkin vakiopaikallani juoden toista kahvikuppia, joka oli aivan liian makeaa, koska epähuomiossa olin lisännyt siihen liikaa sokeria. Join siis kahviani pikkuhiljaa. Voiko ystävällinen ääni pettää? Jospa mies ei ollut rehellinen naista kohtaan? Ehkä hän oli keksinyt lomamatkasuunnitelman rauhoittaakseen rakkauden omituisia koukeroita. Nainen tunsi olevansa rakastettu päästessään yhdessä miehen kanssa lomamatkalle. Minun täytyi olla aivan liian kateellinen ajatellessani näin. Mutta sitten mieleeni muistui samankaltainen miellyttävä ääninen mies vuosien takaa. Tuo mies tässä kahvilassa ei ollut se mies, mutta hän toi tuntuman siitä toisesta miehestä, joka kerran oli pettänyt minut. Niin hyväkäytöksinen ja ihana ääninen mies. Päältä kultaa, mutta sisältä sameaa, näin minä ajattelin, kun eräs rakkaustarina elämässäni muistui mieleeni. Mies ja nainen päättivät ottaa santsikupin, sillä matkasuunnitelmia tuntui olevan paljon, minne he oikein matkustaisivat, tuntui jäävän suureksi salaisuudeksi. Luultavasti rakastavaisten kaupunki Venetsia ja sen sillat olivat kohteena. Ne nimittäin tulivat ensimmäisenä mieleeni. Nainen nauroi heleästi. Hän oli onnellinen. Se oli hyvä se. Kateellisuus katosi mielestäni ja olin itsekin onnellinen heidän puolestaan.

IX

Ajattelin ajan kulumista. Entäpä jos aika itsessään ei kulu mihinkään, näin vain tuntuu ihmisen elämässä. On lapsuus, nuoruus, aikuisuus, keski-ikä ja vanhuus. Aika siis näyttäisi kuluvan ihmisen elämässä, mutta jos tämä kaikki on vain näennäistä. Ajan suhteellisuudesta ainakin puhutaan. Einstein sen keksi. Aika on joskus kuin pikakelauksella menoa ja joskus pitkä, pitkä jatkumo, jossa ei tapahdu mitään. No hyväksytään edes se, että aika on suhteellista, ehkä se siinä suhteellisuudessaan kuluu? Eteenpäin, tulevaisuuteen siis. Tänään näemmä ajatukseni painiskelivat melko vaikeissa asioissa. Ajattelin tätä kahvilaa. Se oli perustettu jo vuonna 1967. Samana vuonna kuin olin itse syntynyt. Merkillistä että olin löytänyt tieni tähän paikkaan, joka oli hyvin suosittu. Se oli tapahtunut ystäväni välityksellä. Aluksi tapasimme tässä paikassa kerran viikossa, suurinpiirtein. Sitten tapaamisemme harventuivat, ystäväni sairastui. Hänelle ajan kuluminen oli totta. Jokainen sekuntti vei häntä lähemmäs kuolemaa. Syöpä oli levinnyt imusolmukkeisiin. Aloin käymään sairaalassa. Hän kuihtui silmissä. Tuli langanlaihaksi luurangoksi. Kun olin käynyt tapaamassa häntä, poistuin aina sairaalakäytävälle itku kurkussa. Kyyneleet tahrivat meikkini. Kävin aulan WC:ssä putsaamassa kasvoni ja menin yksin tuttuun kahvilaan. Se toi mieleeni rauhoittavia muistoja, siksi halusin käydä tuossa paikassa, vaikka yksin olinkin. Meni kaksi kuukautta. Kuolema tuli. Väistämättä. Järjestin yksityiset hautajaiset mielessäni viemällä kahvilaan yhden elävän punaisen ruusun. Se oli verenpunainen ja väkevä tuoksultaan, kuin elämäni yhdessä ystäväni kanssa.

X

Tänään oli kiireetön päivä. Ajattelin hetkiä, jotka olivat pysäyttäneet minut: Estonia, WTC:n tornien luhistuminen 11.9.2001 ja ystäväni kuolema. Mietin mitä olin tehnyt, kun olin kuulluut näistä onnettomuuksista. Moni muisti tarkkaan. Itsekin muistin. Muisti ilmeisesti kiinnittyy tuollaisiiin taitekohtiin helpommin. WTC:n tornien luhistuminen oli piirtynyt silmieni verkkokalvolle tuhansia kertoja tai niin minusta tuntui. Jotkut kuvat tuovat uusia mielikuvia, kun niitä toistetaan ja toistetaan. WTC:n tornien hajoaminen muodosti massiivisen pölypilven. Pölypilvi muistutti minua ystäväni mereen heitetystä tuhkasta ja meri muistutti Estonia-laivan hukkuneita. Hyinen meri, kuten tänään hyinen päivä. Ryystin huomaamattani kahvia, sillä niin kylmä minulle tuli ja puistatuksen tuntemuksia kaikkien ikävien asioiden ajattelemisesta. Muisti on tärkeä, sillä se tuottaa muistoja. Sillä hetkellä ymmärsin, että minun täytyisi kirjoittaa jotakin ylös siitä, mitä koin, näin ja tunsin. Sillä hetket katoavat. Liikuttelin lusikkaa kahvikupissa. Pitäisiköhän minun kirjoittaa tästäkin paikasta, mietin. Mietin myös kahvilan ihania mustavalkoisia valokuvia. Still-kuvia. Hetkiä toisista henkilöistä, maista ja kaupungeista. Olin tuijotellut näitäkin kuvia jo vuosia ja ne olivat käyneet rakkaiksi. Sitten mietin Kultapisara Idriksen pelkoa, kun hän pelkäsi, että hänen sielunsa katosi, kun hänestä otettiin valokuva. Michel Tournierin kirjassa Idris sananmukaisesti lähtee etsimään kadonnutta sieluaan. Hänen olisi saatava valokuva takaisin. Lähdinkö minäkin etsimään kadonnutta sieluani tai kadonnutta aikaani, kun aina tulin tähän paikkaan. Jos ajan kulussa olisi tapahtunut jokin "harha" ja mina olin jäänyt istumaan kahvilaan vääristä syistä. Tekeekö ihminen kaikesta rutiinia? Mutta kun aloin kirjoittamaan hetkiäni ja muistojani, en enää nähnytkään rutiinia missään, vaan elämän kaaos kohisi korvissani ja liikenne ja melu kantautuivat kahvilaani, tuoden aina välillä uuden asiakkaan.

Tuolla naisella oli kotieläimiä, sen näki helposti, kun katsoi hänen tummaa takkiaan. Kissoja vai koiria? Sitä en saanut selville. Ainakin näytti siltä, että lemmikki tai lemmikit olivat tällä kertaa jääneet pois matkasta. Nainen istui pöydän ääreessä yksin. Ehkä hän odotti jotakuta. Minäkin istuin yksin, mutta en odottanut ketään. En enää. Oliko tuo nainen onnellinen? Oliko hänellä mies tai miesystävä? Tätäkö hän odotti? Nainen oli ottanut pois talvitakkinsa ja sen alta paljastui paksu palmikkovillapaita, vitivalkoinen, kaunis paita.

Naisella oli syvänruskeat hiukset ja silmät. Hän ei ollut meikannut. Ehkä hän ei odottanutkaan miestä tai ketään? Ehkä hän ei ollut juuri laittautunut, vaan halusi olla omana itsenään. Sitten katsoin käsiä. Ei sormusta vasemman käden nimettömässä, mutta sormus oikean käden nimettömässä. Oliko nainen sittenkin rakastunut? Varmasti oli. Sillä hänen katseensa oli lempeä ja kädet lepäsivät tyynenä pöydän ääressä. Ja juuri kun olin lakannut pohtimasta naisen kohtaloa, hänen pöytäänsä tuli toinen samanikäinen ja –oloinen nainen. Naurahdin mielessäni, minä ja minun päättelykykyni. Hehän ovat kaksosia.

Pojat pitivät hauskaa. Ymmärsin, että he tekivät sen kolmannen, joukkoon kuulumattoman pojan kustannuksella. Ajattelin itsekseni, että niin lyhytnäköistä tuollainen ilo. Tunsin pistoksen sydämessäni. Olinko nyt vanha ja kärttyinen moralisti? Oikeastaan poikien kujeilu oli lopultakin niin tuttua. Olin itse kuullut nuorempana kaikenlaista. Ehkä se oli katkeroittanut mieltäni, ehkä se oli kasvattanut minua? En tiedä. Sen tiesin, että kannustavat sanat nuoren elämässä ovat kaikkein tärkeimmät. Sellaiset, jotka aidosti tukivat nuoren kasvua. Nykyään puhutaan niin paljon koulukiusaamisesta. Tuntui, että se kolmas poika saattoi olla tällaisen kohteena. En tiennyt mitä tehdä, enhän tuntenut koko poikaa. Harmistuneena nuorten puheista, en kyennyt nauttimaan kahvistanikaan. Pyöritellessäni sokerinpalaa sormissani, kasaantui koko mailman epäoikeudenmukaisuus mieleeni. Jokaisella meillä on oma elämämme, miten sen elämme, ei aina ole riippuvaista meistä itsestämme. Koulukiusaaminen jatkuisi työpaikkakiusaamiseksi ja varmaan vielä vanhainkodissa rollaattorilla hurjasteluksi. Naurahdin mielessäni. Mikä jakaa meidät ihmiset kiusaajiksi ja kilteiksi? Onko sekin jokin luonnonlaki? Reviirikysymys...tulit minun reviirilleni...mene pois. En tiedä, voi kumpa edes joskus osaisin näyttää leijonankynteni. Murjaisisin poikien tukkamuodista jotakin, tai itse pukeutumisesta. Mutta sisimmässäni ajattelin, auttaisiko se mitään? Ymmärtäisivätkö nuo rehentelevät kukkopojat tällaisen vanhuksen ivaa. Tuskin. Pyörittelin mielessäni lauseita, joita voisin sanoa, mutta olin hitaanpuoleinen, sillä yhtäkkiä parivaljakko poistui ovesta, jättäen minut miettimään kolmannen pojan kohtaloa. En juossut tuona päivänä kadulle, mutta ajattelin, että jos näen vielä tuon kaksikon uudestaan, niin tölväisen jotakin sopimatonta suuhuni. Oliko minusta tulossa äreä vanhus?

XIII

Happoradion laulussa sanotaan:"Sano mitä sanot, ei historia meitä opeta..." Tänään tuo laulu soi kahvilassa. Olin aikaisemminkin kiinnittänyt siihen huomiota, mutta nyt jäin todella pohtimaan kappaleen sanoja. "Sano mitä sanot, ei historia meitä opeta..." Aivan kuin asia olisi niin yksinkertainen. Omasta mielestäni historia opettaa, jos vain suostuu kuuntelemaan, mitä menneisyydellä on sanottavaa. Jos esimerkiksi löytää joitakin näkökulmia, missä virheitä on tehty, niin yrittää oivaltaa sen, ettei ainakaan uudestaan tekisi samoja virheitä. Onko elämä yhtä suurta virhettä? Ehkä laulun sanojen tarkoitus olikin saada pohtimaan sitä, että elämään kuuluu ylä- ja alamäkiä. Virheitä ja onnistumisia. Ehkä se, jos tuijottaa liikaa menneisyyteen, aiheuttaa ahdistusta? Ihminen on jumissa, vankina omissa virheissään. Toisaalta joskus ei tiedä tehneensä erehdystä, mutta sitten se paljastuu omassa elämänkulussa. Jälkiviisauttako? Happoradion laulun sanat ovat hienot ja tarttuvat. Silti itse laulaisin: "Sano mitä sanot, historia meitä opettaa...", vaikkei riimitys olisikaan yhtä oivaltava.

XIV

Minulla oli ystävä, joka kertoi tehneensä metsään polun, jota pitkin muutkin olivat alkanet kulkea. Muodostuvatko ajatuksetkin kuin polut? Jollakulla tulee jokin idea, jota muutkin yhtäkkiä puheissaan alkavat käyttää. Miten suuret ideologiat ovat syntyneet? Juuri näin? Tänä päivänä puhutaan pirstaleisesta maailmasta ja maailmankuvasta. Ei tunnu olevan sellaisia ismejä kuin esimerkiksi oli

1800-luvun lopussa ja 1900-luvun alussa. Mitenköhän se on? Näkisikö joku 2000-luvun loppupuolella tässä ajassa sittenkin olevan jonkun ismin, esimerkiksi facebookismin? Tiedonkulun nopea leviäminen. Yksi tekee tietopolun ja joku lukee sen ja levittää eteenpäin. Mielenkiintoista. Tänään oli ihanan lämmin päivä. Liikuttelin lusikkaa lattekahvissani. Olin siirtynyt kahvilan ulkopuolelle aurinkoiseen maailmaan pohtimaan sen menoa. Rakastin näitä hetkiä! Ne olivat pikkupolkuja minun elämässäni. Ne luotsasivat kohti suurempaa elämänpolkua. Ehkä elämä on kuin metsä, jossa joskus joidenkin polut kohtaavat...Kahvi oli herkullista! Tänään olin hemmotellut itseäni myös leivoksella, joka oli suussa sulavaa.

XV

Kun tulin tänään kahvilaan, ajattelin että jokin on muuttunut. Tunnelma ei ollut enää sama. Sitten huomasin, että kahvilan pöydät olivat kokonaan vaihdettu. Se oli saanut uudet, vaaleanväriset puiset pöydät, jotka todentotta raikastivat kahvilan ilmettä. Ihminen on teko, ajattelin. Kaikki mitä ihminen tekee vaikuttaa ympäristöönsä. Pieni ele ja suuri teko. Muistelin kuinka ystävämme kanssa puhuimme usein sisustamisesta. Hänelle se tuntui olevan tärkeää. Hän uudisti asuntoaan pikkuhiljaa, koko ajan keksien loisteliaita ideoita. Aina kun kyläilin hänen luonaan, hämmästyin. Hän itsessään oli teko. Hän oli niin aktiivinen ihminen, ei juuri pysähtynyt. Minä olin toista maata. Harkitsin kauan ratkaisujani. Ihminen on teko, joko nopea tai hidas päätös. Niin erilaisia me olimme. Mikä meitä yhdisti? Rakastimme molemmat tätä samaa paikkaa, sen oivaa tunnelmaa valokuvaseinineen. Ja nyt tunnelma oli toinen, vaihdettu, muuttunut. Kuten minunkin olotilani. Ystäväni oli poissa. Mennyt ikiajoiksi. Se oli suurin suruni tällä hetkellä ja silloin ajattelin keksimääni lausetta uudestaan. Päädyin uuteen lauseeseen: Ihminen on suru.